دار جامعة حمد بن خليفة للنشر
صندوق بريد 5825
الدوحة، دولة قطر

www.hbkupress.com

الطبعة العربية الأولى عام 2022
الترقيم الدولي: 9789927155628

تمت الطباعة في الدوحة-قطر.

مكتبة قطر الوطنية بيانات الفهرسة – أثناء – النشر (فان)

الحاج، رنا، مؤلف.

أي بطل تختار / تأليف رنا الحاج ؛ رسوم نيكوس يانوبولوس. الطبعة العربية الأولى. - الدوحة : دار جامعة حمد بن خليفة للنشر، 2022.

صفحة ؛ سم
تدمك: 978-992-715-562-8

1. الأبطال الخارقون -- قصص للأطفال. 2. قصص الأطفال العربية. 3. الكتب المصورة. 4. المختار، عمر، 1860؟-1931.
أ. يانوبولوس، نيكوس، رسام. ب. العنوان.

PZ10.731. H35 2022

892.737– dc23

202228308943

أيّ بطلٍ تختار؟

تأليف: رنا الحاج

رسوم: نيكوس يانوبولوس

دار جامعة حمد بن خليفة للنشر
HAMAD BIN KHALIFA UNIVERSITY PRESS

دخلَ سامي على جدِّهِ، مُرتديًا زِيَّ البطلِ الخارقِ الشهيرِ. وأخذَ يسْتعرِضُ عَضلاتِ ساعِديْهِ، والوِشاحَ الأحمرَ الطويلَ.

رحَّبَ الجدُّ بِحفيدِهِ، وسألَهُ: «ما هذا الزِّيُّ الجميلُ يا بُنيَّ، لمْ أرَ مثلَهُ من قبلُ!».

أجابَ مُتفاخِرًا: «إنَّها ثِيابُ البطلِ الخارِقِ، وأقْوى رجُلٍ في العالَمِ!».

وأضافَ: «يا ليْتَني أمْتلِكُ قُدُراتِهِ الخارِقَةَ، كيْ أُحلِّقَ عاليًا في الفضاءِ وبِسُرْعةٍ هائلةٍ مثلَهُ، وأساعِدَ جميعَ الناسِ، وأدافِعَ عنهُمْ، وأُنقِذَهُمْ منَ الأشْرارِ!»

زوووم

ابتسمَ الجدُّ، وأبدَى إعجابَهُ باندِفاع حفيدِهِ وحماستِهِ لِمُساعدَةِ الغيرِ. وسأَلَهُ: «هلْ بطلُكَ شخصيةٌ خيالِيةٌ؟ أمْ هوَ إنسانٌ مثلُنا؟»

أجابَ سامي: «لا، بطلي الخارقُ ليسَ إنسانًا مثلَنا، ولكنَّني مُعجَبٌ بهِ كثيرًا، لأنَّهُ بطلٌ، وأنا أحِبُّ الأبطالَ».

ضحِكَ الجدُّ، وطلبَ منْ صغيرِهِ أنْ يجلسَ قربَهُ، وقالَ لهُ: «بِما أنَّكَ تُحِبُّ الأبطالَ، فما رأيُكَ أنْ أُخبِرَكَ عنْ بطلٍ حقيقيٍّ منَ الناسِ. إنَّه بطلٌ معروفٌ ومشهورٌ، ولهُ صِفاتٌ مُميَّزةٌ مثلُ بطلِكَ الخارقِ؟!»

قَطَّبَ سامي حاجِبيْهِ، وردَّ مُستنكِرًا: «بطلٌ منَ الناسِ لهُ صفاتٌ مثلُ بطلي الخارقِ؟! لا أظنُّ ذلِكَ! بطلي الخارقُ هُو الأقوى!»

قالَ الجدُّ بِثِقةٍ: «سأُثبِتُ لكَ، وستَرى ذلِكَ».

سألَ سامي جدَّهُ: «وما اسْمُ بَطلِكَ؟»

قالَ الجدُّ باعْتِزازٍ: «إنَّهُ البطلُ عُمرُ المُختارُ، بطلٌ عربيٌّ مُسلِمٌ».

سامي: «وبِماذا يتميَّزُ عنْ غيرِهِ، هلْ كانَ شُجاعًا؟»

الجدُّ: «بالطبعِ كانَ شُجاعًا وجريئًا، يُحارِبُ بقوةٍ وعزمٍ بفضلِ اللهِ تعالى، ولذلِكَ لمْ يعرفِ الخوفَ أو الاستسلامَ».

سامي: «وهلْ كانَ الأشرارُ يَهابونَهُ مثلَ بطلي الخارقِ».

الجدُّ: «كانَ عُمرُ المُختارُ قائدًا ومحاربًا جبارًا. أسَّسَ فِرَقًا من المُحارِبين ودرَّبَهُم أحسنَ تدْريبٍ. كانَ يُخيفُ جيشَ الأعداءِ ويُهاجِمُهُم معَ رِجالِهِ أينَما كانوا، ويتغلَّبُ عليهِم، ويتربصُ بهم في المناطقِ الجبليَّةِ وفي صحراءِ موطِنِهِ ليبيا».

ثمَّ أضافَ الجدُّ قائلًا: «هيَّا أخْبِرْني يا سامي عنْ بطلِكَ أكثرَ».

سامي: «هُناكَ رِواياتٌ مُختلِفةٌ عن بطلي الخارقِ يا جدِّي، تقولُ إحْداها إنَّهُ أتى منَ الفضاءِ الخارِجيِّ، وأُخْرى تقولُ إنَّهُ إنسانٌ يستمِدُّ قدراتِهِ منْ قوةٍ خارقةٍ منَ الفضاءِ!»

الجدُّ: «إذًا قُوَّةُ بطلِكَ ليستْ نابِعةً منْ داخلِهِ، بلْ يعتمِدُ على قوةٍ خارجيةٍ!»

سامي: «حسنًا، وإنْ يكُنْ! فالمهمُّ أنَّهُ بطلٌ خارِقٌ!»

الجدُّ: «ما يُميِّزُ بطلي عمرَ المُختارَ أنَّ قوتَهُ وشجاعتَهُ حقيقيتانِ.
كانَ صاحِبَ قلبٍ قويٍّ، لا يقبلُ الهزيمَةَ ولا يستسلِمُ».

وخاطَبَ الجدُّ حفيدَهُ قائلًا: «سمِعْتُ أنَّ بَطلَكَ يفقِدُ قوتَهُ منْ دونِ زِيِّهِ، ويَصيرُ شخصًا عاديًّا!»

ردَّ سامي: «نعم، هذا صحيحٌ، ولكنْ...».

وقبلَ أنْ ينهيَ سامي كلامَهُ، قالَ الجدُّ: «قوةُ الفارسِ عمرَ المختارِ دائمةٌ بفضلِ اللهِ تعالى، ولا علاقةَ للزِّيِّ بِها. كانَ يرْتدي ثوْبًا أبيضَ عاديًّا، ويَبْقى مُحتفِظًا بِصلابَتِهِ وقوَّتِهِ وكِبريائِهِ، حتى لوْ بدَّلَ ثوبَهُ أو نزعَهُ عنهُ».

سامي: «كيفَ كانَ شكلُهُ؟»

الجدُّ: «كانَ مظهرُهُ يوحِي بالقوةِ، لكنَّهُ كانَ صاحبَ ابتسامةٍ هادِئةٍ ودودةٍ. كانَ مُتوسّطَ القامةِ ولهُ لحيةٌ طويلةٌ. يحملُ سلاحَهُ على كتفهِ علَى الدوامِ، ليكونَ مُستعدًّا عند الحاجةِ».

هزَّ سامي رأسَهُ مُوافِقًا على أنَّ بطولةَ هذا الفارسِ العربيِّ كانتْ صفةً تُلازِمُهُ طوالَ الوقتِ.

سألَ سامي مُجددًا: «بطلي الخارقُ يلقَّبُ بالرجُلِ الفولاذيِّ لِشدةِ قوتِه، فما هو لقبُ بطلِكَ؟»

أجابَ الجدُّ: «كانتْ لهُ عدةُ ألقابٍ، لكنَّ اللَّقبَ الأشهرَ كانَ أسدَ الصحْراءِ».

ونقلَ لِحفيدِهِ رِوايةً مؤثِّرةً عنْ عُمرَ المُختارِ، وقعتْ أحداثُها حينَ كانَ يقودُ قافِلةً إلى السودانِ حيثُ عاشَ لِسنواتٍ، وفي الطريقِ قابلَهُم أسدٌ في الصحراءِ. فاقترحَ أحدُهُم التنازُلَ عن جملٍ منْ جِمالِهِ للأسدِ، كيْ ينصرِفَ عنهُم، وهكذا ينجونَ بأنفسِهم منْ شرِّهِ.

رفضَ عُمرُ المُختارُ الاقْتِراحَ، وتقدَّمَ نحوَ الأسدِ ببسالةٍ وقضى عليْه.

أُعجِبَ سامي بِالرِّوايةِ، وقالَ مُعلقًا: «إنَّهُ أسدُ الصحراءِ فعلًا!»

لكنَّ سامي لمْ يستسلِمْ، وواصلَ دِفاعَهُ عن بطلِهِ، وقالَ مُتهكِّمًا: «هلْ يطيرُ بطلُكَ يا جدِّي في الفضاءِ؟»

قالَ الجدُّ: «صحيحٌ أنَّ بطلي لمْ يكُنْ يطيرُ في الفضاءِ، لكِنَّهُ كانَ سباقًا في الدِّفاعِ عنْ وطنِهِ، وسريعًا في أداءِ مهامِّهِ».

سامي: «كيفَ ذلِكَ؟»

الجدُّ: «كانَ فارِسًا يُسابِقُ الريحَ على ظهرِ حِصانهِ.
وكانَ مُحارِبًا سريعًا في توْجيهِ الأهدافِ في المعارِكِ
ضدَّ الجيشِ الإيطاليِّ المُستعمِرِ، ولا يستسلمُ أبدًا».

وقالَ سامي مُؤكِّدًا: «بَطلي يا جَدِّي أكثرُ شُهرةً من بطلِكَ! فأنتَ لمْ تُشاهِدْ أفلامَ بطلي الخارقِ في السينِما والتلفِزيونِ، ولمْ ترَ طريقتَهُ في مُحاربةِ الأشرارِ وانتصارَهُ في كلِّ مرةٍ؟»

وأضافَ: «بطلي الخارقُ يا جدِّي شخصيةٌ مهمةٌ، لا يظهرُ في الأفلامِ فقط،
وإنَّما تكُتبُ عنهُ القصصُ كذلكَ!»

أسدُ الصحراءِ

الجدُّ: «بَطلي إنسانٌ معروفٌ ومشهورٌ أيضًا. قِصتُهُ مرْوِيةٌ في العديدِ منَ الكتبِ، وهناكَ فيلمٌ سينِمائيٌّ عنهُ أيضًا عنوانُهُ (أسدُ الصحراء)».

وتابعَ: «يُمكِنُنا مُشاهدتُهُ سويًّا إذا أردتَ، فما رأيُكَ؟»

وافقَ سامي على مُشاركةِ جدِّهِ مُشاهدةَ الفيلمِ الشهيرِ، فهذِهِ فرصةٌ له للتعرُّفِ عليهِ أكثرَ.

وأوضحَ الجدُّ أنَّ شهرةَ عمرَ المُختارِ لمْ تنحصرْ في موْطنهِ فقطْ، بلْ ذاعَ صيتُهُ في البُلدانِ العربيةِ وفي مختلفِ أنحاءِ العالمِ أيضًا.

وأشارَ إلى أنَّهُ صارَ رمزًا للدِّفاعِ عن الحقّ في وجهِ المُعْتدينَ ومُقاومتِهِم.
وأخْبرَه أنَّ دُولًا عربِيةً عديدةً سمَّتْ شوارِعَ ومدارِسَ باسمِ عمرَ المُختارِ.

لمْ يعدْ لدى سامي أيُّ ميزاتٍ أخرى يقولُها عن بطلِه الخارقِ.

فكَّرَ قليلًا، وقالَ لِجدِّهِ: «الصِّغارُ، كلُّ الصغارِ يُحِبونَ بطلي الخارقَ».

أجابَهُ الجدُّ: «كانَ عمرُ المُختارُ قُدوةً للناسِ كِبارًا وصِغارًا، ورجُلًا مُتعلمًا ومعروفًا بحُسنِ أخلاقِهِ ومُعاملتِهِ الطيِّبةِ للناسِ، وإقْدامِهِ على فِعلِ الخيْرِ».

وتابعَ: «الأهمُّ منْ ذلِكَ أيضًا، هو تحلِّيهِ بالإيمانِ العميقِ الذي عززَ قوةَ إرادتِهِ، وتحدِّيهِ للصِّعابِ طوالَ حياتِهِ، وإصرارُهُ على إحقاقِ الحقِّ ومحاربةِ الأشرارِ والمعتدينَ».

شَكَرَ سامي جدَّهُ لأنَّهُ حدَّثَهُ عنْ بطلٍ عربيٍّ لمْ يسمعْ عنهُ مِن قبلُ.

وقالَ: «الآنَ فَهِمتُ أنَّ القوةَ تأتي منْ داخلِ الإنسانِ؛ منْ قلبِهِ وعقْلِهِ وإيمانِهِ قبلَ عضلاتِهِ».

وأضافَ: «لمْ يعُدْ بطلي الخارقُ هو بطلي الوحيدَ، بلْ صارَ عُمرُ المُختارُ بطلي أيضًا.
أحببْتُ شخصيتَهُ القويةَ وانتِصاراتِهِ في المعارِكِ».

وسألَ سامي جدَّهُ: «هلْ تَعْرِفُ أبطالًا آخرينَ منَ العربِ والمُسلمينَ؟»

أجابَهُ: «بالطبعِ، وأعِدُكَ بأنْ أُخبِرَكَ غدًا عنْ بطلٍ عربيٍّ آخرَ. إنَّهُ بطلٌ مميزٌ بذكائِهِ وحكمتِهِ وصفاتِهِ الإنسانيةِ وليسَ بقوتِهِ الجسديةِ فقط».